늙은 낙타의 일과

시와반시 기획시인선 004

늙은 낙타의 일과

이학성 詩集

시와반시

| 차 례 |

제1부

10   촛불 아래서

11   강물에 띄운 편지

13   강박

15   멈춰선 돌멩이

16   모자

18   밤에 당도한 箱子

19   나무물고기

21   상처

22   명료치 못한 길

23   파밭

24   땅 나누기

26   세계와의 키스

28   바닥의 헌법

30   물 따르는 시종

31   굴참나무길

32   '독서의 숲'에 사는 고양이

34   정원사

36   절벽

제2부

40 나무의 말

42 늙은 낙타의 日課

44 접착력

45 초심자의 과일 고르기

47 행운아

49 마리아 칼라스의 밤

51 경우

53 두 아이의 물음

54 설거지하는 시인

56 떨어진 단추

58 가정을 위한 세탁지침

60 외면

61 채석장 기차

62 등잔이 꺼진 탁자

제3부

64   몰이꾼

66   둥글어지기까지

67   등 뒤의 눈

69   원칙

71   부름

73   편력시대

75   멀거니

77   괴력

79   불통

81   밉상

83   노안老眼

84   내란

85   선택적 소비

87   나무와 쇠

89   뿔이 돋기 전

91   巨人의 잠

93   바람의 언덕

제4부

96   일찍 일어난 새

97   자라지 않는 아이

99   닮은꼴

101   길 위의 生

104   두 인형의 방문

107   潛龍

108   결핍증

109   고지告知

110   고집스런 항로

112   안목

114   규칙적인 산책

116   순례자

117   비를 부르는 책

119   링반데룽

121   도제

122   밀봉

123   산문 Don't Think Twice, It's All Right

| 제1부 |

촛불 아래서

그 불빛은 멀리서 왔다. 가물거리지만 여전히 밝다. 그것을 탁자 위에 밝혀둔 지 오래되었다. 언젠가 그 불빛 아래서 고개를 숙이고 한참 울기도 했다. 어떤 결의를 다지고 또 다졌던가. 떠난 이의 말을 곰곰 상기하거나 부치지 못할 편지의 몇 구절을 떠올리기도 했으리라. 무슨 일이 있더라도 여전히 타오르는 불꽃, 이제 보니 그 불빛은 온갖 추억들을 나보다도 더 많이 기억하고 있는 것 같다. 그에게 물으면 아스라이 잊힌 무엇이라도 다 알려줄 것 같다. 하지만 언제까지 타오르게 될까. 내 숨 그친 뒤에도 계속해서 가물거리고 있을까. 지금은 그런 물음을 떠올릴 때가 아니라고 불꽃은 말하고 있는 것 같지만, 왠지 그것은 지금 이 순간 거르지 말아야 할 일처럼 여겨지기도 하는 것이다.

강물에 띄운 편지

흐르는 물 위에 편지를 쓴다.
달무리가 곱게 피어났다고 첫줄을 쓴다.
어디선가 요정들의 아름다운 군무가 그치지 않
으리니
이런 밤은 많은 것들을 떠오르게 한다고 쓴다.
저 물의 깊이를 알 수 없는 것처럼
도무지 당신의 마음도 알 수 없다고 쓴다.
이곳에 나와 앉은 지 백 년,
저 강물은 백 년 전의 그것이 아니라고 쓴다.
마음을 벨 듯하던 격렬한 상처는
어느 때인가는 모두 다 아물어 잊히리라 쓴다.
그럼에도 어떤 일은 잊히지 않으니
몇날며칠 같은 꿈을 꾸는 이유를 알 수 없다고
쓴다.
알 수 없는 게 그것뿐이 아니지만
어떤 하나의 물음이
꼭 하나의 답만 있는 게 아니기에

저물어 어두워가는 물 위에 편지를 쓴다.

그러나 강물에 띄운 편지는

누구에게도 닿지 못하고 깊은 곳으로 흘러간다.

강박

무엇이건 만지려면 손을 씻어야 했다.

심지어는 펼쳐 놓은 책의 다음 쪽을 넘길 때도 그래야 했다.

그러지 않고선 책의 활자가 명료하게 들어오지 않았다.

헌 책이건 새 책이건 별반 다를 바 없다.

젖은 욕실수건을 갈아 대느라 여인은 간혹 타박했다.

왜 매순간 손을 닦아야 하죠, 물의 정화가 지나치게 심각해요.

그것 말고는 여인의 잔소리를 들은 기억이 없고,

갑작스레 여인이 떠나가는 바람에 물을 만지고 있노라면

불쑥 어떤 생각이 떠오르곤 해, 하는 항변은 아직까지 전하지 못했다.

하지만 어찌된 영문인지 여인의 주검을 땅속 깊이 묻고 난 후

손을 씻는 버릇은 감쪽같이 사라졌다.

대신 셔츠 맨 윗 단추까지 걸어 채우는 성가신 습관이 생겼다.

그러지 않고서는 한 걸음도 바깥으로 떼기 어려웠으나

뜻밖의 소득처럼 가외의 발상이 떠오르는 것도 아니었다.

향후 이 버릇은 어떻게 떨어져 나갈까.

상상만으로도 누군가를 잃는 일은 끔찍할 뿐인데,

아직 또렷한 답은 홀연히 다가오지 못했다.

멈춰선 돌멩이

언제부터 그가 침묵하고 있었을까.

왜 여기 그는 멈춰서 있는 걸까.

나도 한때는 세상 어디로든 갈 수 있으리라 굳게
믿었지.

멀리, 더 멀리 가보려고 했으나

애타게 기다리는 이가 있어

과거로 돌아와 털썩 주저앉곤 했지.

그도 막다른 어디선가 돌아온 건가.

언제든 다시 달아나려고 궁리하는 중인가.

아니, 아니 이제야 기다리는 이의 심중을 읽었거나

힘없이 돌부리에 걸려 넘어지기라도 한 건가.

어쩌면 그는 나보다도 멀리서 왔을 거야.

기어이 돌아가려면,

겨드랑이에 날개가 돋아야 해 기다리는 걸까.

모자

　일기장을 덮어두던 모자가 있었다. 잠든 새를 틈타 간혹 모자는 일기를 훔쳐봤다. 그러고는 사사건건 개입하려 들었다. 참다못해 모자에게 그는 말을 건넸다. 네가 모자가 아니라 양말이었다면 일기장 위에 놔두지 않았으리라. 그러면서 남의 사생활을 몰래 넘겨보는 건 바른 태도가 아니라 지적했고, 누적된 결과가 엄청난 파국을 부를지도 모른다고 경고했다. 더군다나 지금은 검열과 탄압의 시대가 아니며 잘못과 적폐를 바로잡느라 응분의 희생이 따르기도 했노라 알아듣도록 타일렀다. 하지만 모자는 그릇된 행동을 멈추지 않았다. 어느 누구에게도 굽실거리지 않던 모자. 지나치도록 고집스럽고 자주적인 모자. 어느 땐 익히 전모를 파악했다는 듯 용무를 철저히 감시하고 더 깊이 관여하려 들었다. 소유하는 것의 피곤함을 그는 알았다. 흐린 어느 저녁, 주점 탁자에 그것을 흘려두고 나왔지만 후회하지 않았다. 삐딱하게 머리에 얹곤 했던 그것

16

과의 이별과 함께 어느새 철들어갔을지도 모른다. 그런 뒤로는 거르지 않고 일기를 쓰던 일도 잦아들 었다. 버림받은 모자의 최후는 어땠을까. 어떤 밤 에는 골똘히 떠올리기도 하는데, 실은 그것이 무슨 해악을 끼쳤을까 다시 생각해 보기도 하는 것이다.

밤에 당도한 箱子

묵직한 도착을 왕과 편전과 밤공기만이 아는 것
으로 국한한다.
입술꼬리가 경망스럽게 올라간 용안이
항간에 공개되는 건 국익에도 전혀 이롭지 못하다.
상자에 무엇이 담겼는가,
나의 왕을 열 살 소년처럼 들뜨게 하는가,
그건 왕이어서 공개할 수 없으며
왕이 아니더라도 예사로이 밝힐 수 없노라.
짜증과 성마름으로 권좌가 얼룩지길 바라는가,
어떤 신하더라도 숨어서 지켜보는 눈이 있어선
안 되며
피비린내 가득한 과오를 잊어서도 안 되리라.
그러니 저 상자 속에서는
휘둥그런 어둠이 한가득 쏟아져 나왔다고 해두자.
고스란히 함구하며 서둘러 밤의 정적을 완성하
기로 하자.

나무물고기

정쟁이 그친 태평성대였으리라.
후원에 공작 떼가 나타나 노닐고
성문 밖 십리길 너머까지 주렁주렁 나무에 물고
기가 열렸다.
변방은 고요했고 외적의 동요는 미미했다.

한가로이 왕은 사냥을 즐겼다.
빗나간 화살을 거두러간 승지가 돌아와
전하의 자비로운 촉이
새끼 밴 어미사슴을 고이 놔 주었나이다 일렀다.

악공들은 일제히 현을 켰다.
주흥에 젖어 늙은 신하들은 춤추고 노래 불렀다.
사초는 먹을 갈았으나 사사로이 기록할 거리가
드물어
여일, 여일, 여일이라 붓을 놀릴 뿐이었다.

더 이상의 진위는 알 길 없다.

혹자는 말한다,

초목근피로 겨우 연명하던 민심이 木魚를 지어냈
으리라.

판단은 모두의 몫으로 남았다.

상처

용서하세요, 저지른 불찰과 허물을! 그 바위 앞을 지날 때면 속삭이듯 되뇌곤 한다. 아주 오래전부터 그가 말을 들어주었기에 그러는 듯하다. 그러고는 슬그머니 손바닥과 뺨을 번갈아 댔다가 거두고 지나가는 것이다. 차갑고 무뚝뚝하기만 한 바위가 무슨 대답을 들려줬는지 당신이 궁금해 하겠지만 그건 공개하기가 곤란하다. 바로 산꼭대기 직전의 오르막 끝자락, 영혼을 다친 시인과 어떤 바위가 교감하고 있었다고 기억하면 그만이다.

명료치 못한 길

둑길 끝까지 가지 못하고 서성였다.
끝까지 나아가면 무엇이 기다릴지 짐작하곤 있다.
방죽 아래편은 엎드린 농경지,
물을 가로막아 벼와 콩대들이 푸르게 어울렸다.
논두렁 너머부터가 널찍한 개활지,
듬성듬성 빈 저곳도 이내 채워지리라.
고만고만한 등성들이 그 너머에서 예닐곱의 겹
을 이룬다.
삶이 분명하려 든다면 저랬으리라.
막힘없이 전망을 탁 펼쳐 보였으리라.
저리로 나아가야 해, 입속말로 다짐도 하고
보채던 걸음을 멈칫 세우기도 했다.
각각의 이유가 같진 않았으리라.
도중에 얼굴을 숙이고서 되돌아 나왔으며
더 가보려고 유별하게 자꾸 눈길을 던져준 것이다.

파밭

　어스름 저녁, 지나치다가 본 파밭 언덕은 온통 파랬다. 도저히 그 파란색과 싸워 이길 색깔은 세상 어디에도 없을 것처럼 보였다. 그 언덕 너머로 떨어지고 있는 저녁 해조차도 파랗게 보일 정도였다. 고랑 사이를 헤집고 지나는 바람의 긴 머리채마저도 짙푸른 빛깔을 띠고 있었다. 그보다도 더 놀란 건 그곳에서 파밭의 요정과 마주친 것이다. 잔뜩 허리를 굽히고서 요정은 느릿느릿 파뿌리를 뽑고 있었다. 그 요정의 얼굴은 파랬고 몸체도 파랬고 머리에 쓴 두건도 파랬다. 이윽고 파밭의 요정이 접었던 허리를 펴고서야 알게 되었다. 그건 요정이 아니라 어떤 아낙이 고랑의 잡풀을 솎고 있었던 것임을. 그렇지만 요정이든 아낙이든 무슨 상관이랴. 누가 저 푸른빛의 정기와 맞서 당당히 겨룰 수 있겠는가. 그곳을 지나친 뒤 아주 한참이 지나서도 마음 가득 물들인 그 파란색 물감은 지워지지 않는 것이었으니.

땅 나누기

소식을 듣고서 사람들이 몰려들었다. 모여든 이들에게는 각자의 땅이 배분될 계획이었다. 허리를 숙이고서 난 바닥에 금을 긋기 시작했다. 대지를 네모반듯한 구획으로 엄정하게 나누곤, 한 구역마다 한 사람씩 들어가 있도록 했다. 잠시 뒤면 소외되는 이 없이 각자의 땅이 생길 예정이었다. 저들은 모두가 친근한 이웃이 될 사이였다. 그래서 난 약간 들뜬 기분이었으나 조금도 서둘지 않았다. 저들 중 어떤 이가 다가와 내 작업을 덜어 주려고 함께 금을 긋기 시작했다. 둘이서 호흡을 맞추자 빠르게 일이 진행되었다. 모두가 멀찍이 물러나 별탈 없이 작업이 끝나기를 지켜보았다. 적어도 누군가 입을 열기 전까지는 일이 순조로웠다. 단단히 따지려고 작정한 듯 그가 멀리서 외쳤다. 당신은 政府인가? 분명 그 외침은 날 겨냥하고 있었고, 난 즉각 市民이라고 대답했다. 그러곤 더 분명하게 알리려고 두 주먹으로 손나발을 만들어 저는 여러분

들과 다를 바 없는 똑같은 시민입니다, 라고 다시 외쳤다. 모여든 이들은 웅성거렸다. 이윽고 실망해서 뿔뿔이 흩어져 돌아갔다. 땅을 기대하던 각자의 바람은 졸지에 수포가 되었다. 오래전 꾸었던 꿈이어도 아직 줄거리를 또렷하게 기억하고 있다. 얼마나 신중하게 바닥에 금을 그었던가. 멋진 기대로 흥분해 부풀었던가. 만약 그가 소리를 지르지 않았으면 어땠을까. 그랬다면 꿈의 결말이 어떻게든 달라졌을까.

세계와의 키스

　세계와 불화를 겪는 건 아니다. 단절하리라 일방적으로 맘먹은 적도 없다. 우호적이진 않았어도 적대적이라고 하기엔 다소 간극이 있다. 어느 날 세계가 끔찍하게 싫어져 저 먼 바다 끝, 칠레 남서부 해안에서도 육백칠십 킬로미터나 떨어진 페르난데스 群島로 달아나려 했던 것도 아니다. 수만 마리 갈매기들이 끼룩거리는 저 외딴 섬에서 긴수염바닷사자를 사냥하며 남은 생을 마치리라 벼르던 시절이 있긴 했다. 되짚건대 싱겁기 짝이 없는 관계, 있으나 없으나 그만인 밍밍한 사이랄까. 떠나겠다고 해서 그가 바짓가랑이라도 붙잡고 늘어졌을까. 지금도 개선될 여지가 있으리라 생각지 않으며 향후 그럴 가능성도 낮다. 누군가 다가와 얼마만큼 세계를 사랑하느냐 묻더라도 대답은 유보될 게 맞다. 단 하나, 세계가 얽매려 들지 않는 한 조금도 그를 귀찮게 할 의사가 아니라는 것. 이 정도만 해도 충분하니 섣불리 제삼자가 나서 둘 사이를 좁혀

보겠다고 헛힘 쓰지 않길 바란다. 뭐, 세계와의 키스? 지금 수염을 미는 게 여전히 그를 사랑하는 증거며, 입술을 훔치고 무르팍에 엎드려 애정을 구걸하기 위해서라고. 예나 지금이나 당신의 빈약한 상상은 나아질 기미가 희박하군. 제발 실언이 재발되지 않길 빌며 이유를 밝히네. 껄끄러운 키스를 젊은 애인이 좋아하겠나? 그럼 이만, 그녀를 멀거니 기다리게 할 순 없지.

바닥의 헌법

비좁은 서가 탓에 책들도 편치가 않다.

절기가 바뀌거나 할 때,

과단히 솎아져 버려지는 비극적 운명을 맞는다.

감별의 기준은 그때마다 갈린다.

고가의 두툼한 책이더라도 잔류의 희망을 노래하긴 이르다.

그릇된 검열로 몇 권의 아름다운 고전들이

안타깝게 내버려지곤 했으나

그것은 어리석은 실수를 만회하는 교훈이 되기에 족했다.

얼마 전 막내의 방에서 퇴출된 헌법학개론,

일주일째 마루를 구르다 언니가 가져가 노트북 받침대로 삼았다.

실용은 창의를 낳고 작으나마 변화를 이끄는 힘,

이후 쓰임새가 다한 그것을 내가 목침으로 활용했으나

그마저도 질리자 식구 중 키 작은 이가

식탁 밑으로 옮겨와 요긴한 디딤판으로 만들었다.

마침내 바닥에 깔린 헌법.

모름지기 법이란 군림의 자리가 아니라

밑바닥 민의를 섬겨야 하지 않는가.

전혀 의심할 바 없으리라 여겨 단호히 주창한다.

다소나마 책의 존엄성을 훼손한 것에 자괴감이
일곤 하나

우리 가정이야말로

법의 가치를 실제 구현한 최초의 식구들이 됐노라.

물 따르는 시종

은주전자를 허공이 붙들고 있다.
융단 깔린 탁자의 물잔을 가득 채우기 직전이다.
유념해야 한다.
만석의 초대객들로 장내는 시끌벅적 어수선해도
목을 적셔야 주인의 저녁연회가 마감된다.
숙달되었으나 바르르 떠는 손목,
아무도 몰래 송골송골한 땀이 이마에 맺힌다.
평생 같은 일을 질리도록 했는데 늙나보다.
쪼르르르르, 감미로운 음악처럼
떨어지는 물소리를 저들은 즐기며 흡족해 한다.
버럭 호통을 지르며 바깥세상을 주름잡을 줄 알
지만
도통 자비라곤 모르는 주인.
단 한 모금의 물이 잔 밖으로 넘쳐선 안 된다.
은주전자를 허공아 단단히 붙들라,
따질 것도 없이
세상의 상전들은 인색하며 무식하다.

굴참나무길

　다분히 감추려는 의도가 있었으리라. 고의성이 짙으나 이정표를 세워 두기엔 좁고 가파르니 의혹을 걷자. 의심의 아브라함이 의심의 이삭을 낳으니 망설일 것 없이 그래보는 것도 이롭다. 두 그루 굴참나무 사이로 덤불숲 그늘을 품고 좁다랗게 열린 길, 따라나서면 꼭대기로 닿게 하지만 찾는 이 드물어 태곳적 정취를 간직한 길. 세상의 몇 안 되는 그 길을 세상의 몇 안 되는 이들이 오르며 큰 자산을 얻은 듯 들뜨고 즐거워한다. 저들이야말로 길의 가치, 길의 혜택을 터득한 몇 안 되는 소수. 더러는 길을 잃은 초행자들이 들어서곤 하나 낯선 고요에 제압당해 서둘러 돌아나가고 만다. 그렇더라도 그 길은 조금도 서운해 하지 않으며 낭패한 기색을 내비치지 않는 터라 그 역시 그 길다운 자태를 닮았다 할 수 있으리라. 절대 고독을 구하는가, 완벽에 버금가는 사색과 성찰을 탐하는가, 떠올리지 못한 한 줄 문장으로 밤새껏 속 태운 시인이 있다면 지체 말고 탐방해 보길 권한다.

'독서의 숲'에 사는 고양이

 가까스로 그는 사람의 울음소리를 지으며 미적미적 지척으로 다가오려 했다. 하지만 인간의 언어를 알아듣는 능력을 터득했을 리 만무했고 허투로라도 무장한 경계심을 떨치기 힘들어 보였다. 단지, 썩 훌륭하게 요구를 표현할 줄 알았을 뿐. 그러니 단박에 알아들었다. 내 아이가 배고파하는 소리와 다르지 않은 투정을. 그래서 서둘러 배낭을 끌러 비상食으로 넣어 다니던 비스킷을 꺼냈다. 요건 허기를 달래 주지! 오로지 그 점을 강조하려고 비닐껍질을 벗겨 일부를 허겁지겁 먹는 척했다. 그러곤 잘게 부수어 벤치 구석자리에 털어놓고 멀찌감치 물러나 앉았다. 고작 지닌 게 그뿐이라는 사실이 민망했지만 오래도록 그는 아작아작 씹었다. 마침내 싸늘히 식은 텀블러의 커피가 바닥나고 멀리서 나지막한 새소리가 들렸을 때, 난 마을로 돌아가야 한다고 그에게 전했다. 겹겹의 능선을 헤쳐 피곤이 몰려왔고 마땅한 휴식이 필요한 때문이지만, 다음 주 이곳을 지나가리라 강조했고, 잊지 않고 뭐든 챙겨올까 하는데 그때 다시 만날 수 있을까 물었지만, 그가 내 중얼거림을 어느 것 하나 제대로 알아들었는지 알 수 없었다. 그렇기에 난 가장 차가운 표정을 지으며 그 숲에서 냉담하게 돌아설 수 있었다.

정원사

누구의 솜씨인지 익히 알 만하다. 사각거리는 소
리를 따라나서면 그게 신의 손인지 사람의 손인
지 구별할 수 있다. 반나절 뙤약볕 아래, 회양목 곁
가지 앞을 서성대는 이. 알맞게 벼린 전정가위 하
나로 그는 뜻밖의 장면을 연출한다. 단지 내 산책
길을 아이들 그림책에나 나옴직한 요술의 길로 바
꿔놓는다. 적어도 내 눈엔 원예의 신이 강림하셨
나 싶은데, 다른 이의 눈에는 다르게도 보이리라.
따분하게 경비실 안을 지키기보단 연장과 밀짚모
자를 챙겨 실외로 나서길 즐기는데, 분명 관리실
의 오더가 있어서가 아니라 능동적으로 몸을 부리
길 좋아하는 품성 탓. 언젠가부터 근막통증 증후군
을 치료받는 중이라 들었는데 그의 일과 중 반절,
허리를 굽혀 자르고 솎고 쓸며 거둬들이는 통에 화
단 가장자리를 기웃거리고 싶어도 잡풀 등속은 일
절 얼씬대지 못한다. 간혹 마주치며 가벼운 목례를
주고받을 때마다 그에게 물을까말까 망설이곤 한

다. 뻗고 자라는 대로 놔두시는 건 어떨까요? 하지만 아직은 그런 뜻을 꺼내진 않았다. 정원을 보호하는 주인이 엄연히 그이기 때문만은 아니다. 손질하며 관리하는 방식이 인간의 기준이라면, 아무데서나 맘대로 영위하는 자연의 기준이 명확히 무엇인지 알지 못해서다.

절벽

　틈실한 날개를 얻은 부류를 제외하고는 일절 접근을 불허한다. 더욱이나 북사면을 거칠게 후려치는 기세등등한 바람은 극렬하기로 악명 높다. 하지만 오르려 하는 이들은 어느 때고 기어이 오른다. 짊어진 배낭의 무게와 극심한 현기증이 인내심을 시험하려 드나 앞을 가로막진 못한다. 길은 이미 중도에 지워졌으며 나아갈수록 쉬어갈 지점이라곤 없다. 가까스로 암벽에 기대거나 매달린 채로 근력과 의지를 신뢰해야 한다. 옮겨 딛을 곳을 찾느라 집중하기에 실수로 스틱이나 소지품을 놓치는 일이 허다한데, 심지어는 안타까운 목숨을 허무하게 거둬가는 경우가 더러 있다. 가파른 꼭대기에서 무엇이 저들을 기다리는가. 고작해야 깎아지른 절벽과 코빼기를 맞댄 허공, 아찔한 벼랑 틈에 둥지를 튼 검독수리 무리가 새끼들을 키우며 살아간다. 누군가는 그곳에서 땀에 찌든 열기와 흥분을 넘겨주고서 한줌에 불과한 고요와 안식을 양식처럼 얻어

간다고 이야기하는데, 직접 겪어보지 않은 이로서는 전적으로 긍정도 부정도 하기 어려우리라. 까마득한 아래쪽에서 올려다보면 실로 어디가 끝자락인지 가늠하기가 수월치 않아 나들이 나선 이들을 실망하며 돌아서게 하는데, 운수 좋은 날이라야 때마침 구름을 벗어던지고 솟아오른 봉우리 상층부를 실컷 구경할 수 있다.

| 제2부 |

나무의 말

　몇 번인가 저들의 말이 찾아왔다. 빼먹지 않고 받아 적느라 우두커니 걸음을 멈춰야 했다. 엄청난 비밀을 간수해야 했기에 정류장을 지나쳐 내리더라도 전혀 허둥댈 수도 없었다. 그때마다 전율을 억눌러야 했다. 촉각을 곤두세우느라 숨소리마저 죽여야 했다. 무슨 영문인가 따질 겨를도 없이 고스란히 저들의 말을 채록해야 했던 시절. 아마도 저들의 몇 마디가 날 움직였으리라. 어느 밤중인가는 다그쳐 부르는 통에 잇달아 산등성을 넘어서기도 했으리라. 난 선별된 소수의 일원이라 자부하며 대단히 우쭐거리기도 했던 것 같다. 고분고분 저들의 지시를 따르며 성숙해지고 철들기도 했던 것 같다. 오, 지나친 오만과 경솔이라니! 한순간 말이 들리지 않게 된 건, 앞질러 저들의 수호자라 자처하거나 건방지게도 대변인을 사칭한 탓이리라. 지나치고서야 겨우 뉘우치곤 하지만, 이제와 불현듯 그 시절이 그리워지곤 한다. 이따금 타들어 가는 목마

름이 증거이리라. 허다하게 나무 그림자 아래로 몸을 숨기는 경우가 그러하리라. 어리석다고 속단하기엔 이를까. 당장은 아니더라도 난 그때가 돌아오리라는 믿음을 간직하고 있다.

늙은 낙타의 日課

　행주를 삶아야 해! 하고 그가 주방 저편에서 지시해 왔다. 그때 난 탁자 깊숙이 고개를 처박고 미결된 문장 한 줄을 다듬고 있었다. 생의 막바지에 이른 주인공이 혈혈단신 그의 늙은 낙타와 함께 막 사막으로 떠나가려는 장면을 그리던 중이었다. 그런데 더 이상 참지 못하고 그가 날카롭게 지적해 왔다. 어서 행주를 삶아! 깨끗하게 행주를 삶는 것도 내겐 문장을 다루는 일만큼이나 소중하다. 그 역시 외면하거나 거를 수 없는 주요 일과. 하지만 저 여행자의 꿈을 실현케 하는 것도 가볍게 다뤄서는 안 되는 일. 풀 한 포기 나무 한 그루 보이지 않는 거친 땅, 온종일 걸어 해지는 쪽으로 나아가려는 저들의 숭고한 꿈을 어떻게 소홀히 다룰 수 있겠는가. 때마침 에프엠라디오에서 에드워드 엘가의 위풍당당 행진곡이 흘러나왔기에 난 출발선상에 선 저들의 행로에 곡의 의미 일부를 모티프로 차용해 보는 건 어떨까 하고 궁리중이었다. 무엇보다도 길을 닦고자 하는 저들에게 어떤 서막을 장엄하게 펼쳐 줄까 골똘해 하던 차였다. 그런데 애석하게도 내 손은 하나에 불과했다. 잠깐 기다려 봐, 난 이 문장을 마저 마무리 지어야 해! 하고 행주에게 대꾸할 수 없다. 지금 당장 펜을 내려놓고 달려가 행주를 삶지 않으면 주방 가득 악취가 진동할 게 뻔했다. 그래서 하루 종일 걸어 온몸이 구릿빛으로 그을려서도 길을 멈추지 않으려던 저들의 고단한 순례는 잠시 뒤로 미뤄졌다.

접착력

萬年을 써도 떨어지지 않는다는 광고에 홀렸는가.
부착한 지 불과 천여 시간도 안 돼
홀더로써의 기능을 잃은 칫솔거치대.
화장실 습기 탓일까, 반기를 드는 이유가 뭔가.
저 만유인력의 법칙을 입증하려인가.
아직 공산품 제조기술이
겨우 요정도 수준에 머물러 있음을 실토함인가.
광고문처럼 주술을 걸어보겠다.
아니, 문학적 대응으로 기운을 북돋아주마.
자 만년 수명의 끈끈이풀아,
혼신의 힘으로 타일 벽을 붙들고 굳건히 일어서라.
삶도 점차 응집력이 바닥나면
나가자빠진다는 걸 내게 가르치려 들지 말라.
착한 소비자를 호구 취급하며 우롱하다간 큰코
다친다.
요란한 상술에 말렸음을 아프게 자각하며
보여주겠다, 붙이려는 자의 집착과 끈기가 뭔지.

초심자의 과일 고르기

눈의 심지를 돋우라. 초행길일수록 낯선 장터에서 신중해야 한다. 만지작거리거나 일일이 눌러 보는 행위는 상도의상 범해선 안 되는 불손한 추태. 오로지 직감과 눈썰미에 기대며, 표피 윤기와 생김새만으로도 충분히 양질의 상품을 취할 수 있다. 그것들에서 흙의 향기를 은근 떠올리는가. 그렇다면 당신은 낭만가요 자유로운 영혼을 지녔지만, 여유로울 새가 없어 환상을 그치고 걸음을 옮겨야 한다. 직접 주인이 나서 골라 주기를 기대하는가. 그러다간 낭패 보기 십상, 야박하게도 '촉수엄금' 팻말이 걸린 가게는 무시하고 지나친다. 가슴 아픈 일이지만 아마도 백년이 훌쩍 지나더라도 그곳에서 지갑을 열 마음이 일지 않으리라. 아무리 환승시간이 재촉해도 서둘지 말라. 몇 소절쯤 〈Scarborough Fair〉를 읊조리며 머리를 환기하는 것도 좋다. 좀스럽고 뻔뻔스러울수록 당신은 이롭다. 서너 걸음 더 팔며 여러 곳을 비교하는 일, 아직 흥정의 기교가 농익지 않은 당신에게 유익하리라. 당신의 식구들은 미식가다. 꽤나 까다로운 입맛을 고집하고 있고, 게다가 저들을 향한 당신의 사랑은 헌신가의 그것과 다르지 않다. 그래서 장보기는 고행에 가깝고, 언젠가 저들 모두가 품을 떠나가거나 상큼한 맛에 물리지 않는 한 모든 수고로움은 당신에게 할당된 신성한 몫이다.

행운아

카파도키아로 떠난 여행자에게서 카톡이 왔다. 급작스레 일기가 나빠져 그곳의 열기구를 타지 못했노라고. 낭패스런 비보에 그를 위로해야 했다. 당신처럼 겁 많은 작자가 천 길 공포에 질려 새 신부 앞에서 허둥대며 쩔쩔매는 꼴을 보이지 않은 게 얼마나 다행인가, 그러니 당신은 행운아다! 그래서 시샘 부리듯 덧붙였다. 끈질긴 행운이 지속되어 곧 파샤바 계곡의 장관을 구경하게 될 텐데, 그때 잠시나마 골방에 갇혀 자판이나 두드리고 있는 사내의 불운을 떠올려보라고. 사실 그는 밀월여행 중이었다. 뒤늦게 사랑에 빠져 아홉 살 연하의 발레리나와 결혼했다. 단꿈에 취한 저들은 검푸른 지중해를 건너고 프라하를 목표로 나아갈 터, 그러니 잔소리 한 마디를 아끼지 못했다. 내일 아침 오리엔트 특급에 오르게 되면 반드시 창가 쪽 자리를 아내에게 양보하라, 그것이 일평생 신상에 이로우리라! 그러곤 마감에 쫓겨 자판을 두드리는 중에 미처 전하지 못한 당부가 떠올랐다. 사흘 뒤 프라하의 뒷골목을 걷노라면 카프카를 기리기 위해 제작된 그림엽서를 판매하는 소피아서점을 지나칠 텐데, 거기 간판이 어지간히 작고 소박해 발견하기가 쉽지 않음을. 하지만 따져보니 저들은 지각 있는 여행자, 그걸 얼마나 내가 갖길 원하는지 익히 아는 바, 게다가 대단한 행운마저 거머쥐었다. 자연스레 걸음의 신께서 거미줄 같은 미로를 헤쳐 저들을 41번가와 맞닿은 골목으로 이끄실 터.

마리아 칼라스의 밤

　손꼽아 기다리고 있다. 놓치지 않으리라 수첩과 탁상캘린더에도 각각 다윗의 오각별로 강조하고 새겼다. 이번이 아니라면 다시 접하긴 어려우리라. 멋모르고 그날 술 약속을 청하는 작자가 있다면 과 감히 결별하리라 작정하고 있다. 감사의 뜻으로 방송국 담당피디에겐 이미 축복의 가호를 띄워 보냈다. 임의로 선곡표를 짜보는데 〈노래에 살고 사랑에 살고〉가 셋째 곡으로 흘러나오길 기대한다. 뒤이어 〈정결한 여신〉과 〈그대 음성에 내 마음 열리고〉를 잇달아 듣게 되면 좋겠다. 약간의 빗방울이 흩뿌린다면 그 밤 얼마나 근사할까. 매혹적인 디바의 음성에 젖어 두 시간을 아무 말도 안 꺼낼 수 있으니 거의 기적의 밤. 새삼 모든 노래가 그녀를 위해 바쳐졌음을 실감하리라. 잊은 추억들이 되살아나 은근 눈시울을 적신데도 부끄럽진 않으리라. 예기치 않게 이번 달은 행운이 줄을 잇는다. 투명하게 포도주잔을 닦아놓고 준비를 끝마쳤다. 정말이

지 엉뚱한 사고가 있어서도 안 된다. 무엇과도 견주거나 바꿀 수 없는 특집무대를 흔쾌히 당신도 들어주리라 믿는다. 들뜨려는 맘을 누르려 하나 따라주지 않을 듯해서 가만 놔둔다.

경우

　둘은 다정한 연인사이 같았다.

　자리를 나란히 차지하고 앉아서도 쥔 손을 놓지
않았고

　서로에게도 할 말이 많아 보였다.

　사랑의 수렁에 빠진 이들은 닮아간다 하던가,

　그래서인가 흡사하게 빼닮은 두 얼굴은 금방 주
위의 이목을 끌었다.

　그럴 때다, 콩깍지가 눈에 씌어 상대방 말곤 아
무것도 보이지 않을 때

　그러니 앞에 선 노인을 놓치고 말았다.

　가릉거리는 숨결이 꽤나 지척이었는데도

　주고받는 밀어를 멈추지 못했다.

　그래서 하마터면 저들이 내릴 때까지

　서 있어야 했던 노인은

　다른 이의 배려로 좌석을 양보 받을 수 있었다.

　누구에게나 더러 실수가 있는 법,

　하지만 거듭되는 일이라면 용납하기 어렵다.

목격한 실상을 차근차근 내게 전한 이는
마지막 말에서 목소리를 떨며 약간 분개해 했다.
만일 자신이 사귀는 상대가
지하철 안의 그 사람이었다면, 불끈 주먹을 휘둘러
턱을 가격하는 시늉을 했거나
엉덩이를 걷어차며 단호히 그 자리에서 절교를
선언했으리라고.

두 아이의 물음

  큰아이가 정색하며 묻는다. "당신은 왜 낡은 셔츠를 걸치는가, 도대체 헤진 것들을 내버리지 않으려 고집하는가?" 내 대답은 명료하다. "이후로도 마찬가지다만, 더는 이곳에서 내 옷가지 따위 사지 않을 거란다. 남은 옷들을 다 해치우고 사라지기에도 시간이 절대적으로 부족하다." 그럼에도 작은아이가 단호한 표정으로 물어온다. "숭숭 구멍 난 그 따위 걸 내의라고 걸치고서 거리를 활보하다가 만일 사고라도 나서 응급실에 실려 갔을 때, 어찌 당신만이 아니라 환자의 가족 모두가 창피하지 않겠는가?" 내 대답은 준비돼 있다. "그럴 일이 천부당만부당하달까, 주의하며 경계를 게을리 하지 않는 예민한 이에겐 알아서 사고가 피해가기 마련." 저들의 물음은 여기까지지만, 하루가 다르게 커가는 아이들을 상대하려면 봉변에 대비해야 한다. 머잖은 날에 더 곤혹스러운 질문이 들이닥치리니.

설거지하는 시인

생활인으로서 거를 수 없는 섭생만큼 청결한 뒤처리 역시 긴요하다. 저마다의 그릇들도 깨끗해지려는 열망을 안고 태어났으리라. 숟가락을 놓자마자 개수대로 향하는 게 그것에의 부응, 하지만 장애가 없으랴. 앞길을 매번 두 아이가 막아 세우려 하나, 너희도 클 만큼 컸으나 어서 학교로 나가 책과 씨름하는 게 유익하며, 적절한 세제 양과 물 조절은 자신을 능가할 이가 없음을 역설하며 돌려세운다. 능란하게 그걸 다 익히기까지 얼마나 많은 접시를 깨먹었던가. 초벌세척 코스에서 첫 번째 키스가 뺨을 훔치고 사라진다. 구름 위를 걷듯 차분한 큰애의 걸음걸이를 그는 사랑한다. 헹굼질로 넘기기 직전 경쾌한 입술이 이마를 찍는다. 폭포수처럼 활기찬 작은애의 꿈이 꺾이지 않길 그는 바란다. 수십 해, 티 나지 않는 일을 실천한 침묵의 성자가 한때 집에 머물렀다. 떠나며 생긴 부재를 실감하지만 언제까지고 달그락대는 과거에 연연할 수 없으며 그래서도 안 된다. 간간이 끼어드는 사념 끝에 식기들은 뽀드득 소리를 탄주하며 윤기를 되찾는다. 꼼꼼한 눈길로 찔러야 하는 검수 과정에서 그는 성급해진다. 후줄근한 고무장갑을 벗어던지고 출근을 서둘러야 한다. 늦은 만큼 달려야 하니, 뜀박질하면서도 할 수 있는 명상의 기술을 작동시켜야 한다.

떨어진 단추

하루가 멀다 하고 당신께 야단맞죠. 당신은 역시 차갑고 냉담한 사람이었구나, 생각하며 꿈의 나락에서 빠져나오죠. 왜 당신이 쌀쌀맞게 등장하는지 전혀 이유를 모르겠어요. 내가 부족해서 그런가보다 할 뿐이죠. 살림이 서툴고 요리솜씨가 형편없어 조금도 성차지 않아한다는 것쯤 알아요. 그래도 이제껏 누구에게도 무시당하거나 속박 받은 적 없었는데, 당신은 헐렁하고 거추장스런 가디건을 억지로 걸치게 된 사람처럼 끝없이 역정을 부리죠. 그러면서 어서 빨리 떨어져나간 단추를 찾아내라 호통 치는 거예요. 얼마나 칠칠치 못하면 언제 그걸 흘렸는지 잊었냐는 표정으로 빤히 노려보죠. 나로서는 단추도 가디건도 처음 보는 것인데, 왜 당신이 잘 맞지도 않는 남의 옷 같은 걸 걸치고 있는지도 모르겠는데, 당신은 끝끝내 굳은 표정을 풀지 않죠. 만년빙하에 평생 갇혀 산 사람이더라도 그런 표정은 짓지 못할 거예요. 하지만 언제 당신 말을 거스른 적 있나요. 그러니 몇 시간이나 반짇고리를 헤집고 서랍장을 들추고 장롱 밑바닥까지 훑다가 기진맥진해서 뒹구는 먼지 덩어리처럼 꿈에서 깨고 말죠. 그러고 나면 탁자 끝에 걸터앉아 이렇게 투덜대죠. 좋아요, 언젠가 단추를 찾아내 달아나지 않도록 제자리에 달아 놓을 테니, 대체 당신은 어떤 꿈을 꾸고 있는지 이제라도 정직하게 털어놔 봐요.

가정을 위한 세탁지침

  사흘 꼴로 세탁기를 돌린다. 전체 가사노동 총량에서 이 일이 차지하는 비중이 작지 않아 몇 가지 매뉴얼을 만들었다. 수차례 협의 끝에 마련된 지침의 세부는 이러하다. 준칙 하나, 세탁은 가급적 전구성원이 집에 있는 날로 택한다. 혹시라도 불참자의 빨래가 홀대받거나 소홀이 다뤄져선 안 되기에 따른 조처다. 준칙 둘, 빨래가 끝났다는 알림음이 울리면 하던 일을 멈추고 각자의 방에서 나와 세탁기 앞에 집결한다. 노동량은 균등해야 하며 누구라도 혹사되거나 그로 인해 가족단합에 균열이 가는 불상사를 예방하려 함이다. 준칙 셋, 세탁물을 뒤집어 벗은 채로 넣은 이는 발견 즉시 경고한다. 세차례 경고 누적시 책임을 묻는 가족회의를 소집하며, 이때 부과할 수 있는 최소 형량은 일주일치 설거지 전담, 반드시 소명 기회를 주되 반성의 기미가 미흡할 경우 가족명부에서 제하는 최악의 벌을 물을 수 있다. 준칙 넷, 급작스런 용무나 감기질환

두통 치통 생리통으로 부득불 난처한 상황에 처한 이는 행사에 열외로 둔다. 그로써 불이익을 받아선 안 되거니와 사회가 지향하는 사람이 먼저라는 취지를 따르고자 한 차원이다. 위 매뉴얼에 따라 몇 차례 시험세탁을 한 결과 우린 뜻하지 않은 소득을 얻을 수 있었다. 다함께 빨래를 너는 시간, 소통이 긴밀해지고 신뢰와 유대감이 한층 도타워졌다. 그로써 세탁이라는 단순노동을 우린 축제의 장으로 승화시켰고, 향후 지속적으로 이 운동을 전개하리라 의지를 굳히고 있다. 사족에 가까우나 맺기 전 한 예화를 덧붙이려 한다. 정당한 노동의 보상이런 가, 일전에는 꼬깃꼬깃 접힌 지폐 두 장이 말갛게 씻긴 채로 빨래 속에서 삐져나와 그야말로 돈세탁 이란 이런 것인가 모두를 쓴웃음 짓게 했는데, 소유권 분쟁으로 옮아가지 않은 건 모두가 현명하게 공동체임을 인식했음이리라.

외면

　또래에 비해 키가 작았다. 흠이라 여길게 아닌데 꼬맹이 동생으로 취급받기 일쑤였다. 높고 카랑카랑한데다 유난히 해맑은 미성, 처음 보는 이더라도 고개 숙일 줄 아는 붙임성이 모든 걸 상쇄했다. 그래서 아이는 마을의 자랑, 엘리베이터에서 마주치는 노부부가 더벅머리를 쓰다듬길 은근한 낙으로 삼았다. 단 한 사람, 아이의 인사를 본체만체한 청년, 얼굴도 이름도 동호수도 몰랐는데 그가 投身했다는 소식을 아이의 친지에게서 전해 듣고야 알았다. 아무도 모르는 우울증을 오래 앓았고 왜 아이의 인사를 번번이 외면했는가를. 통째로 피아노가 떨어져 박살나는 듯한 굉음을 아이가 들었다는 게 이웃의 슬픔, 어찌 충격과 상처를 이겨낼까 우려했으나 계절은 부산하며 지체 없다. 紛, 紛, 紛, 꽃잎들 휘날리고 등교하던 아이가 셔터를 눌러 바닥의 진풍경을 담는다. 어느 결에 저리도 자랐담! 변성기가 찾아온 것 말곤 또래처럼 아이는 크고 있다.

채석장 기차

　느리거나 빠르지 않게, 하루 두 차례 같은 길을 채석장 기차는 고아처럼 오르락내리락했다. 대체 저 많은 돌덩어리들은 다 어디로 간담? 누구의 관심도 끌지 못했지만, 그 회색 기차를 보며 단지 염원할 뿐이었다. 무슨 일이 있더라도 그가 길을 잃지 않기를. 하지만 그것은 아주 먼 옛일, 덜컹거리던 차량도 녹슨 철길도 사라진 지 한참.

　온통 마음이 백짓장 같던 어느 오후 기어이 몇 시간을 걸어 찾아갔을 때, 철길 끝 채석장 터엔 웃자란 쐐기풀들만 흔들리고 있을 뿐이었다. 길을 잃은 건가, 어딘가에 닿은 걸까. 지나왔던 길에서 마주친 몇 가지 망실은 확인하고서도 이해되길 거부한다. 아니, 하루 두 차례 궤도처럼 덜컹거린다. 이른 저물녘 더 늦은 저물녘.

등잔이 꺼진 탁자

등잔이 꺼지면서 그의 생은 마감되었다. 끔찍이 아낀 탁자는 그가 붙든 마지막 사물이 되었다. 갸륵하게도 등잔과 탁자가 임종을 지킨 건 망자에 대한 극진한 예우. 가물거리는 불빛에 의지해 그는 이사야書의 몇 구절을 눈동자에 새기며 떠날 수 있었다. 여느 아비와 다르지 않은 남루를 그는 식솔들에게 물렸다. 신의와 검약 외에 남긴 유지는 없다. 기어이 바란 바대로 탁자의 모서리를 움켜잡은 채 눈을 닫았을 뿐. 그의 생이 고단했을까 불우했을까. 눈길을 거둔 이사야서의 대목은 무엇이었을까. 아무도 그때 등잔이 깜빡거렸는지 알 수 없듯 빈 수레에 실려 그는 알 수 없는 곳으로 향했다. 이제 탁자에 앉아 등잔을 밝힐 일은 없으리라. 남은 자들은 머물지 않을 것이며 흩어져 저마다의 길로 가리라. 그리하여 탁자와 등잔만이 두고두고 저녁들을 추억할 터, 당신이라면 슬픔을 삼켜야 할 이유를 미뤄 짐작하리라. 그것이 탁자와 등잔을 사랑했던 이가 누리는 지복이었음을.

제3부

몰이꾼

앞줄의 낙타를 몰아가는 그의 방식은 사납고 매서웠다.

끌려가면서도 낙타는 순응했고 울지 않았다.

재촉하는 대로 풀린 다리를 억지로 놀리며 반응하고자 했다.

자욱한 모래먼지가 발밑에서 일었다.

그럴수록 혹독한 고삐가 느려지는 걸음을 다그쳤다.

저러다가 털썩 쓰러지는 건 아닐까 의심스러웠으나

피곤한 저들이 묵어갈 숙소는

겹겹의 모래구릉 너머에서 기다리고 있었다.

채찍이 번갈아 허공을 가르며 길을 열었다.

서둘러 땅거미가 지고 차가운 밤기운이 사막을 덮칠 때였다.

그는 자신의 방식을 믿었다.

최고의 몰이꾼답게 대상隊商의 선두에 섰다.

병든 노예처럼 낙타는 대꾸하지 못했다.

저들을 무사히 집으로 데려가자면 침묵 말고는 다른 길이 없었다.

둥글어지기까지

　지구가 둥글다고 말하려면 목숨을 걸어야 했던
시기,
　다들 소중하게 간수했기에 나서길 꺼렸으나
　목숨을 내던지며 그는 지구가 둥글다고 말했다.
　광장이 들끓었다.
　성난 군중이 그를 목 졸라 높다란 종루에 매달았다.
　비참한 최후는 아주 멀리서도 목격되었다.
　소문은 말보다도 더 빠르게 달렸다.
　고독하게 빈 서재를 지킨
　모래시계가 연신 모래알을 토하고 있었다.
　왜 그는 목숨이 아깝지 않았을까.
　한 번 더 결단을 미루려고 하지 않았을까.
　과연 순리를 알긴 알았을까.
　종교가 과학과 문명을 시종처럼 부리며
　짓궂게 구박하고 간섭하던 시기,
　그때부터 지구는 비로소 올바르고 아름답게 둥
글어졌다.

등 뒤의 눈

날 지켜보는 하나의 눈이 있다. 언제까지라도 내내 커다란 외눈을 치켜뜨고 있다. 잔뜩 부릅뜬 눈초리로 지켜보는 대상이 분명 나인 건 맞는데, 그가 날 지켜보듯이 나 역시 그를 바라보고 싶지만 왠지 그럴 수 없다. 내 행동거지며 일거수일투족을 지키는 것도 여러 까닭이 있을 것인데, 아직 어느 것 하나도 알지 못해 불공정하기가 이를 데 없으나 참고 견뎌야 하는 일로 여긴다. 단지 그가 지켜보고 있기에 흐트러진 자세를 바로잡거나 거북살스런 감정을 감추지 못하거나 아예 지켜보건 말건 막연히 편안해져서 내버려 두기도 하는 것인데, 그럴 때마다 억측을 해보지만 오로지 그가 나만을! 지켜보는 역할을 부여받았으리라 짐작할 뿐이다. 대체 저 눈은 어디서 왔는가. 누가 그에게 감시자의 임무를 맡겼는가. 왜 저 눈길에서 조금도 자유롭지 못하며 당장이라도 멈춰달라고 요구할 수 없게 됐는가. 우려하던 속박의 정체가 바로 이것인가. 과

연 이것은 언제까지 풀리지 않는 일인가. 당신도
흡사한 일을 겪고 있진 않은가.

원칙

몇 가지 원칙을 세우고 다듬느라 그는 고심한다.

하루 반 갑, 할당량을 줄이자!

두 갑에서 대폭적인 격감이 얼마나 대견한가.

적극 아이와 여인들을 배려하자!

저들의 코는 민감하며 불안에서 풀려나야 한다.

맑은 공기를 만끽하며 돌아다녀도 되는 권리를 저들에게 되찾아주자.

당연히 걸으며 연기를 뿜는 일은 금지,

그래서 그는 찾기로 한다.

흡연부스, 흡연카페, 흡연주점, 아무도 들락거리지 않을 후미진 처소,

그곳이 십리 밖이라도 마다해선 안 된다.

한땐 호젓한 산중에 올라 끽연을 즐겼지만

이젠 그곳마저도 벌금딱지가 부과되기에 금해야 한다.

지난날 숲에 끼친 피폐가 어마어마하다.

상기할수록 등줄기에 식은땀이 흐른다.

힘들고 서러운 시기, 꼭 쫓기는 시궁쥐 같지만
　대표적 애연가답게 걸맞은 모범을 보이자!
　행동으로 나설 때 저들의 우려와 의심이 근절되
리라.
　아, 벌써부터 왜 못 끊는가 하고 묻는 건 성급하다.
　그를 고문해선 안 된다.
　그가 벼랑으로 몰리는 건 불합리하다.
　끊지 않으리라 다짐한 것도 원칙,
　자신의 흉중에 숨어사는 끈질긴 악마가
　시퍼런 연기에 질식해 멀리 달아나지 않는 한!
　당신에게 타인의 신념을 심사하거나 허물 자격
이 있는가.
　그에 앞서 조금이나마 그를 이해하고 인격을 중
시하며
　동시대를 함께 건너는 이웃이라 인정한다면
　이제 그가 어떻게 원칙을 지켜나가는가 주시해
봄이 보다 옳으리라.

부름

어디선가 그의 친절과 마주치리라.
곤경에 처한 네게 그의 음성이 다가오리라.
딱하게도 바닥에 쓰러져
가누지 못하는 네 육신을 그가 거두리라.
잔뜩 겁에 질린 네 이마를 짚으며 불편한 곳을
물어올 것이다.
아주 침착하게 그의 처치에 따라야 한다.
흐르는 피를 물로 씻기고
옷깃을 찢어 상처부위를 여며 줄 때까지.
언젠가 千年古都,
예루살렘의 후미진 골목에서 네가 그렇게 했다.
조금도 난처할 것도 두려울 것도 없다.
일생일대 최악의 위험에서 넌 지켜졌다.
이 또한 틀림없이 저 과거에 네가 행했던 일.
웅성거리며 모여든 이들의 눈길을 뚫고
등을 돌려 사라진 그의 이름이 궁금한가.
사마리아에서 이곳까지 네가 어떻게 걸어왔는지

떠올려 보라.

　주렁주렁 소금바구니를 낙타 등에 얹은 떠돌이商,

　당신 물건이라면 믿음직하오!

　그건 천 년 전에도 거래를 원하는 사람들이

　널 멈춰 세우려 할 때 외친 짤막한 부름이었다.

편력시대

세상이 힘을 필요로 하던 시절,
그때가 그의 전성기
어딜 가나 주목과 환대가 따라붙으며
선망의 대상으로 그를 부각시켰다.
근육질의 헤라클레스에 비견되던 팔뚝
우람한 그것으로 눕히지 못할 상대가 없었으니
철근 따위 가볍게 휘고
거뜬히 석괴를 동강내던 완력
그것으로 한 시절 그는 힘의 시대를 상징했고 대
변했다.
깨지거나 다치기 쉬운 시절,
누가 힘의 절대적 위엄에 대항할 수 있었으랴!
그러나 그것은 옛날 옛적하고도 더 옛적에 있었
던 일
지금은 그렇지 않은가,
장사가 필요 없는 자비로운 시대인가.
드넓은 초원에 방목된 순한 양과 얼룩말들이 평

화롭게
   뛰어다니는 저 지평선 끝을 바라다보며
   그 누가 옛적의 무자비한
   힘의 시대를 그리며 숭모한단 말인가.

멀거니

감기약을 챙겨먹었고 가계부를 적고
미루던 칫솔질을 하다가 아뿔싸 떠오른다.
이봐, 빼먹은 게 있어.
저녁습기가 침해하지 못하게 수건 빨래도 걷었
는데
여섯 가지 중 넷까진 처리했으나
둘을 놓친 망실감,
변변치 못한 앞가림이라니.
비로소 멀티플레이형 활동가들의 명단에서 누락
되는
쓰린 수모를 겪는 건가.
뭘 잊었는지 실마리를 잡지 못해 허둥댄다.
찾아내리라 하지만 궁색하게 떠오르지 않을 때,
극단적으로 물구나무를 서는 가학행동보다
멀거니, 그래 멀거니를 기다리자.
흐르는 슈베르트의 〈피아노트리오곡〉 서주를 타고
오, 자진해 문 두드리는 이.

당신을 지적하려는 건 아닙니다,

어서 내일 생일을 맞는 식구분께 축하메시지를 띄우고

알맞게 미역을 불려 국 끓일 준비를 마치세요.

나머지 한 가진 주무시기 전까지

실행될 수 있도록 곁을 지켜드릴게요.

괴력

밤의 흥분을 기대하던 시절은 떠났다. 자상한 말동무 없이 여행지로 나서거나, 재산을 불려 탕진을 꿈꿀 만큼 일확천금의 기회도 노린 적 없다. 하지만 괴력의 손이 자꾸 장난을 건다. 하루 수십여 통, 짓궂게 찝쩍대며 기웃거린다. 후불 비아그라 배송, 출장녀 대기, 바닷가낚시터. 가히 해당되지 않는 내용이 불특정 다수에게 가하는 무차별적인 테러. 클릭해 삭제하면 그만이나 반복되는 일이 짜증과 피로감을 부른다. 상대가 지쳐 쓰러지길 바라는 악당인가. 아날로그적 사고와 감성으로 저들과 맞서긴 어렵다. 때론 누가 개발했는가, 시답잖은 분심이 인다. 그러나 전 지구를 하나의 망으로 묶는 글로벌적 발상을 시도한 이는 이런 일로 소환되는 것에 억울하고 불쾌해 할 것이며, 몇몇 문제점을 추궁하기엔 도구의 쓰임새가 그럴듯하다. 누군가는 유품 원고를 정리하려 벗의 노트북을 살피다가 사후 삼 년이 지났는데도 고인의 메일함에 차곡차곡

스팸들이 쌓여가더라는 일례를 꺼내며, 죽어서도 저들이 따라붙고 있으리라 떠올려 보면 절로 관 뚜껑을 밀치고 뛰쳐나오지 않겠냐며 서글퍼했지만, 상대를 멀거니 바라다봐야 했던 건 지금도 다르지 않으나, 저들을 무찌를 괴력이 떠오르지 않아서였으리라.

불통

불화의 방식이 그는 우세했고 익숙했다.

셋씩이나 벗을 뒀으니 과분했고 주위가 다 어리둥절해 한다.

이해심으로 무장한 벗들이 아니었다면 가능치 않은 일,

절해고도나 산골오지로 그가 떠나가지 못한 이유가 그것이리라.

미루어 넷 이상의 벗과 어울리길 그가 원했을 리 없다.

늦저녁이나 아주 한밤중, 고충을 토로하며

의견을 묻는 그의 전화를 받아본 이가 있다면 손들어보라.

철저히 그는 혼자였다, 절실하게 자신만을 붙들려고 애썼다.

다가갈수록 멀어지려 한 자발적 소외자, 아니

지분대는 늦가을 빗소리에 홀로 잔을 기울였다면 더 친절한 비유이려나.

그의 행동이 무얼 의미했고 효과나 피해가
어떤 것인지 궁금해 할 독자가 많진 않으리라.

또 여기서 다루고자 하는 주제와는 멀고 적절치
않으니 건너뛰기로 하자.

단지 그를 억지로라도 가만 놔두는 게
좋은 편이었고 그런 사람이라고 평가해 보면 어
떨까.

일부나마 소통의 방식이 서툴렀고
실컷 외로움을 즐기며 사랑하려던 이였다고 기
억하는 건 어떨까.

거룩한 시간이 모든 세상을 변모시켰으나 그를
이기진 못했다.

이미 벗 가운데 둘은 세상을 버렸고 남은 이는
아득하게 소식이 끊겼다.

그로써 완벽하게 생의 목표를 이루었는가?

결미로 삼기엔 잔인한 질문이나 그가 쓰러질 리
없으리라 여겨 던진다.

밉상

    태생적으로 그녀는 웃음이 많다. 당돌하게 나서
거나 간섭하길 좋아한다. 그래서 더러 오해가 쌓인
다. 기피하는 이가 늘고 아예 상종하지 않으려 든
다. 그렇다고 그녀의 언행이 그른가. 귀담아 들어
보면 그녀의 논리가 틀린 구석이라곤 드물며 오히
려 똑 부러지게 들어맞는 경우가 많다. 그런데 유
독 경계되는 이유가 뭘까. 왜 모두의 밉상이 되었
을까. 잠을 뒤척이게 하는 밤, 그녀도 진지하게 이
유를 캐묻곤 한다. 아무리 뒤적거려도 타인의 등에
비수를 꽂고 돌아서거나 몹쓸 험담 따위 흘린 적이
없는데 그래서 그녀는 억울하고 우울하며 종내 울
먹거리고 만다. 그러다가도 화장을 고치듯 심각한
표정을 걷는다. 적극적인 얼굴이 되어 자신의 헤픈
웃음을 진단한다. 정말 귀엽고 다감한 모습이지 않
은가. 스스로를 지지하고 응원한다. 그녀는 이해할
수가 없다. 왜 쓴 소리를 지겨워하는가. 올바른 진
실이 왜곡되며, 이웃의 상냥한 미소를 사절하는가.

마침내 그녀는 세상이 밉상이라는 씁쓸한 결론을
얻고서야 잠을 붙든다. 그녀보다도 외로운 밤이 이
불자락을 끌어다 포근하게 덮어주고 물러간다.

노안老眼

  그가 바뀐 건 다른 인과로 보긴 어렵다. 단지 세월이 부친 경이로운 힘을 받았을 뿐. 그걸 붙들기까지 얼마나 많은 시간을 낭비했던가. 조급함을 내려놓고서 그는 상냥한 사람이 되었다. 성마름이 달아나자 차분하고 친절해졌다. 그로써 분노와 격한 표정을 얼굴에서 잃었지만, 정감과 온기를 이마의 주름처럼 얻었다. 그러니 함부로 재촉하며 까탈 부릴 일이 있는가. 의심과 해찰로 두리번거리는 기회가 줄어들더니 온갖 물음으로 가득한 아홉 살 소년의 눈이 찾아왔다. 이제 그것으로 그는 세상을 더듬으려 한다. 돋보기 앞의 흐릿한 세계, 눈길 닿는 구석마다 다가오는 느림과 서툶! 비로소 그것들을 사랑하게 되었음을 그는 기꺼워한다. 늦었으랴, 어두워가는 노을의 최후가 붉고 아름다운 이유가 그것인데.

내란

잠들기 전에 택해야 한다. 생각을 걷어차고 숙면을 취할 것인가. 잠을 설치더라도 생각을 토닥거릴 것인가. 어느 쪽을 고르느냐에 따라 많은 것이 달라진다. 개운한 휴식을 얻은 육체적 아침. 생각의 풍요로 거듭난 정신적 아침. 어느 편이건 나쁘지 않다. 곧바로 갈등을 털면 된다. 난제는 어느 쪽도 맘대로 되는 일이 아니며, 지체할수록 말썽꾸러기 같은 잠이 달아나고 변덕스러운 생각들이 삽시간에 뒤죽박죽되는 불행을 초래하는 것. 혼란을 떨치긴 쉬우나 매번 현명하긴 어렵다. 둘 다 취하면 되나 뜨뜻미지근한 태도는 싫다. 응전과 타협의 갈림길에 선 어느 혁명가의 고뇌가 이러했으리라. 그의 짐과 무게가 달라 부끄럽고 그것의 차이가 우릴 만나지 못하게 떼놨으리라. 그래서 어떤 밤은 지겹도록 고민에 시달린다. 급기야 악몽처럼 새벽이 다가와 뜬눈으로 지새운 이를 격하게 끌어안는 것이다.

선택적 소비

거리책방 한 곳이 문을 닫았다. 예고하지 않아 서운했고 서둔감이 다소 아쉬웠다. 무덤덤하게 이따금 접하는 페이크뉴스처럼 그다지 놀랍지도 않은 일. 무엇이 도시를 바꾸고 움직이나. 역병 전쟁 혁명이 아니라 사랑 정의 친절이면 좋을 것 같은데, 이곳 거리의 덕목은 소비. 선택받지 못하면 짐을 꾸려 변두리로 떠나야 한다. 연명하려면 탈바꿈하라고 도시는 권한다. 부수고 허물고 뜯어고치며 나날이 새 단장에 골몰한다. 거길 들러 큼큼한 책 냄새에 얼마나 취했나. 몰라보게 딴 얼굴이 되어 출입문을 밀고 나오지 않았나. 그래 생각이 달라지며 세계를 확장시킨 곳, 이렇게 비유하면 실로 눈덩이 같은 과장일까. 엄마가 어린 딸과 책을 고르던 광경이 눈에 선하다. 쭈뼛거리던 아비를 소년이 데리고 들어와 지갑을 열게 했다. 총총 돌아서던 저들의 뒷모습이 부러웠고 왠지 질투가 났다. 뒤안길로 책방 하나가 사라진들 애중한 삶이 달라질까.

와르르 기울고 무너지며 애타게 절규하던 롯의 소
돔城처럼 가라앉을까. 하지만 무엇을 잃었는가, 외
면하고 회피해선 안 될 해석을 이 도시에선 슬픈
예감처럼 듣지 못할 것 같다.

나무와 쇠

언제부턴가 나무는 알고 있었다. 연장을 든 건장한 사내가 자신에게 다가오는 것을. 그래서 나무는 지그시 눈을 감았다. 그러곤 가만히 움켜쥐고 있었던 흙들을 바닥에 내려놓았다. 마침내 덤불을 헤치고 사내가 나타났을 때, 나무는 허리를 곧게 폈다. 사내의 노동이 헛수고가 되지 않도록 반듯한 허리로 사내가 휘두르는 도끼를 받았다. 나무의 허리는 무르고 부드러웠다. 사내의 어깨는 딱딱하고 억셌다. 하지만 딱 한 번 나무는 저항했다. 단단히 이를 악물고 벌목꾼의 도끼를 놓아주지 않았다. 그렇지만 벌어진 상처에서 하얀 피가 흘렀다. 콸콸 쏟아져 나오는 핏물이 발목을 적시는 것을 나무는 안타깝게 지켜보았다. 그것 말고는 달리 무엇을 할 수 있겠는가. 태생적으로 분노와 적의는 소유하지 못한 것. 드디어 쿵 하고 그가 쓰러졌을 때, 거친 숨을 거푸 몰아쉬던 사내는 연장을 거두고 이마의 땀을 닦았다. 그렇게 한 그루가 스러지도록 우리는

무엇을 했는가. 저들이 숲을 이루며 무수한 생명을
품고 어르는 동안, 우리는 벼리고 벼린 끝에 뾰족
하고 날카로운 쇠붙이를 만들어냈다.

뿔이 돋기 전

　추적자를 따돌리느라 무진 애를 먹었으리라. 젖 먹던 힘을 다해 이리저리 방향을 틀며 덤불숲을 내달렸으리라. 쓰러질 듯 기진맥진해져서야 그는 겨우 사지에서 벗어났다. 꿀맛처럼 다디단 옹달샘에 목을 축이며 비로소 안심할 수 있었다. 이럴 때 날카로운 뿔이 이마 위에 필요했으나 그러려면 더 자라야 했고, 완벽한 사냥의 기술을 습득하기 위해서는 몇 달을 더 바람처럼 울울창창한 숲길을 방황해야 했다. 그는 이곳에서 태어나고 이곳에서 자랐으며 앞으로도 이곳을 떠나지 못한다. 그래서 오늘의 위기와 탈주는 자신의 앞날에 새겨두어야 할 값진 교훈이 되리라. 두리번거리며 천천히 주변을 살폈으나 아무 일도 없었다는 듯 새소리는 아름답도록 평화로웠으며 줄지어선 아름드리나무들은 고요하고 적막하며 빽빽했다. 이젠 잃어버린 아비어미와 형제들을 찾아 나서야 할 시간, 그는 뿔뿔이 흩어진 식구들의 냄새를 좇아 코를 벌름거렸다. 그러곤

겁에 질려 있는 자신의 영혼을 토닥거리며 용기를
불어넣기 시작했다. 그렇기에 지칠 줄 모르고 솟아
오르는 옹달샘에 겹겹의 파문을 그리며 몇 모금의
생명수를 혓바닥 깊숙이 적셔두었다.

巨人의 잠

　종일 햇살을 머리에 인 저 봉우리,

　간혹 올려다보면 저 등성은 깊이 잠든 거인의 얼굴처럼 평화롭다.

　그가 얼마나 오래 잠든 것인지

　언제 깨어나 기지개를 펼지 알 수 없다.

　저 거인이 억만 년의 잠을 떨치는 날, 난 이 지상에 없으리라.

　겉보기엔 그의 잠은 안온해 보여도 최근 거인은 앓고 있다.

　단지 외곽터널이 스치듯 그의 허벅지를 관통했을 뿐인데

　수맥이 교란돼 다디단 옹달샘 열아홉 곳이 전부 말라버렸다.

　허연 잔뿌리를 드러낸 적송군락이 지키고 선 거인의 능선길,

　거기 무엇이 살고 있는지 떠나갔는지 난 안다.

　내가 죽어서도 저 거인의 잠은 깊고 평화로울까

여전히 내 마을을 내려다보고 있을까

때로 그런 생각을 떠올리는 건 고통스러우나

일과 중에도 꼬박 마흔 번쯤 올려다보는 거인의 얼굴.

아직 그가 내지르는 신음을 들은 적 없다.

종일 머무르던 햇살은 저녁나절 거인의 품을 떠나간다.

우두커니 홀로 남겨진 누군가가

밤 자락을 치켜들고 거인의 눈꺼풀을 감기려 다가온다.

바람의 언덕

바람에게 묻는 건 어리석다.

몇 번을 물은들 부질없다.

대체 그에게 물어 무엇을 얻을 수 있단 말인가.

왜 어떤 책은 거듭 읽히는가.

낡은 노래가 그쳐서는 안 되는가.

누군가는 자지러지게 울부짖고 어떤 이는 돌아오지 못하는가.

의문이 그치지 않는 한 바람에게 묻는 일을 멈출 수 없다.

하지만 바람에게 묻는 건 위험하다.

때때로 그의 대답은 치명적이다.

수백 번 물은들 아무 대답을 듣지 못할 수 있다.

그래서 시는 어렵게 쓰이는 걸까.

거듭 부심하고 절망하게 만드는 것일까.

그런데 아직 어리석어서 바람에게 묻는 것이다.

이따금 한참을 걸어

바람의 언덕을 오르는 것이다.

좀 더 구름 가까이 다가가

물끄러미 저 세계를 내려다보는 것이다.

제4부

일찍 일어난 새

아비께서 강조했다.

일찍 일어난 새가 되어라,

그것 하나만 지켜도 생을 지킬 수 있으리.

그러곤 덧붙였다.

책상을 바르게 정돈하라,

그것이 어지러워선 안 된다.

그것 하나만 실천해도 모두가 반듯한 사람으로 기억하리.

귀에 못 박힌 이야기,

말씀은 그뿐이었지만 소년은 믿음이 부족했다.

그것의 일 푼조차 새기지 못했다.

때는 늦었다, 책상은 어질러졌고

늦도록 먼 땅을 떠돌고 있다.

눈물이 그칠 새 없다.

여전히 울고 있는 소년,

어떻게 해도 그를 달랠 길 없다.

그러니 내 안에서 울도록 계속 놔둘 참이다.

자라지 않는 아이

온종일 연필을 쥐어야 했어, 자루가 부러져라 있는 힘껏. 그러곤 깨알 같은 글씨를 써야 했지, 심이 몽톡해지도록 새하얀 종이 위에. 그래도 글씬 괴발개발 나지지 않았고 해거름 안에 쓰기를 마쳐야 할 수북한 연습장은 줄 기색이 없었지. 그런 끝에 여지없이 살구가지 회초리가 날아든 거야, 붉은 금이 손바닥에 죽죽 새겨지도록. 글씨란 마음의 거울, 그게 삐뚤어지는 건 태도가 삐뚠 것. 하나뿐인 아이의 家兄은 아직도 글자꼴이 엉망이라며 다그침을 거두려 하지 않았지. 그런데 아이는 눈물 한 방울 보인 적 없어, 멀찍이 도망치기는커녕 입술을 앙다물고 손바닥을 내밀고 있었지. 같은 꿈이 벌써 몇 번째람, 자꾸 되풀이되는 걸 보면 틀림없이 내 안에 자라지 못한 아이가 있어. 언제 이 아이는 큰담, 다 크고 나면 다른 인물이라도 되는 걸까. 어설픈 새벽잠을 깰 적마다 손바닥이 얼얼하고 후끈거려 들여다보곤 해. 거기 아이가 창백한 종잇장에 고개를 파

묻고 있지. 그러다가는 물끄러미 얼굴을 들고서 언
제까지 써야 하느냐 물음의 눈빛을 찔러오곤 해.

닮은꼴

넌 책상을 잘도 어지르던 부산스런 천사, 따라다니며 정돈하는 기쁨을 안긴 순둥이. 거기 그만큼 오래 머물며 끼적거리고 뒤적거렸단 증거, 난 책상이라면 딱 질색이었으니 아마 그건 어미의 습성 아니었겠나. 그것 말고도 다섯 사례쯤 너끈히 댈 수 있겠다. 매운 낙지볶음을 즐기는 식성, 샤워 전 이를 닦는 게 아니라 마치고서 칫솔질하는 버릇, 침대 맡에 다소곳이 엎드려 일기를 쓰고, 왼쪽무릎을 구부려야 잠에 빠지며, 생수병을 입 대지 않고 잔에 따라 마시는 조심성. 애석하게도 네가 사랑하던 여인은 떠났다, 미처 정돈하지 못한 책상과 열거한 습관들을 남겨두고. 그럼, 강의 때마다 강조하는 부분에서 뒤꿈치를 드는 건 누굴 닮은 걸까. 수업 중에 그걸 알아챈 제자 녀석을 잘 살피고 보듬으렴. 예리한 관찰력과 집중력을 겸비했다면 필시 커서 뭐가 되어서도 세상을 이롭게 바꾸지 않겠니. 그런데 전달하려던 뜻이 이게 아니었구나. 노래방

마이크를 쥘 적마다 아비도 감정을 풍부히 실어야 할 대목에선 뒤꿈치를 들곤 했다. 왜 그러했는가 할아비 무덤가에서 여쭌들 통 모르는 일이라고 시치미 떼시련만. 고작해야 우리가 닮은 게 그뿐이라 서운하달까 다행이랄까. 지금도 교실의 많은 눈들이 널 지켜보리라. 어디서 뒤꿈치를 들게 될까 뚫어져라 칠판 앞을 주시하리라. 저들이 뭘 너와 닮아가려 할지 알 것 같은 궁금증이라니.

길 위의 生

세상 구석구석 그가 안 다녀본 곳은 없다.

여섯 달쯤 그는 머물고 나머지는 떠나가 있다.

그러려고 여기서 미친 듯이 돈을 벌고 지갑에 돈
이 떨어져서야 돌아온다.

아직 그가 못 가본 곳은 달 표면의 분화구 정도.

몇 번인가 그가 외지로 끌고 나가려 했지만 거절
했다.

생의 환희를 길에서 얻는 부류가 아니며 그럴 시
간도 모자랐다.

아쉬움을 달래려는 듯 그는 매번 무언가를 현지
에서 부쳐온다.

보풀이 일지 않는 핀란드산 협탁 깔개

알제리의 양털 무릎담요가 그래서 거실의 소유
가 되었다.

페루의 코카나뭇잎 몇 묶음과 침보라소 인디오
들이

공들여 새긴 알렉산더 폰 훔볼트의 조각상도 탁

자 구석을 차지했다.

　받는 이의 기쁨을 아노라는 듯 양질의 인쇄술을 자랑하는

　마인츠의 명화엽서 시리즈며 소년시절 모차르트의 얼굴이 인각된

　잘츠부르크산 다크초콜릿도 어김없이 전달되었다.

　쉬지 않고 그는 발로 세상을 훑고 다닌다.

　떠도는 바람 같은 그를 주저앉힐 순 없다.

　석 달 전쯤 이스탄불에서 간행된 신문지로 돌돌 감싼

　꾸러미가 도착하며 별안간 소식이 끊겼다.

　포장을 끄르자 유리잔 세트와 애플티 상자가 나왔는데

　파손되지 않도록 애쓴 배려는 유효했고

　온수에 풀어 마시면 농밀한 향에 기분 좋게 감전되리라는

　휘갈겨 쓴 쪽지가 동봉되어 있었다.

부드러운 사과차의 향을 음미하며 살펴보니

유리잔 표면에 세 줄기 올리브가지가 상감되어 있다.

그것들은 파르테논 신전의 대리석 기둥을

휘감고 올라갈 기세로 힘차면서도 우아하게 묘사되어 있다.

하지만 저 올리브가지를 부리에 물고

두 마리 비둘기가 돌아가야 할 그의 방주方舟는 어디에도 보이지 않았다.

당장 비극적인 대홍수가 들이닥친다 해도 그는 떠날 것이다.

여전히 그를 나무라거나 두둔할 일은 없으며

길은 바깥에 있고 그를 조금씩 철들게 한다.

두 인형의 방문

누군가 부쳐온 책을 펼쳐든 저녁, 어린 방문객이 찾아왔다.

기척에 방문을 여니 낸시가 꼬마 앤을 품에 안고 서 있다.

라디오 소리가 종일 거슬리지 않나요?

묻는 낸시의 표정이 평소 때 새침하며 냉랭하던 기운은 사라지고 없다.

집에 언니가 있을 때 저들은 방에서 나오지 않는다.

어질러진 책상 주위를 맴돌며 한사코 언니 곁을 떠나지 않는다.

방해가 되려던 건 아니었어요, 새삼 강조하는

앤의 말투가 뉘우치는 소년처럼 조심스럽다.

그렇지 않아, 난 단지 책을 읽으려 했을 뿐이야,

들어와 따뜻한 애플티라도 들겠니? 그런데 언니 는 오늘 늦는다.

기말고사를 치르곤 자신이 맡은 과외를 끝내고 와야 한다.

하필이면 마지막 시험과목이 〈근대영미시의 독
해〉여서

난해한 바이런 때문에 스트레스가 대단했으리라.

언니가 올 때까지 예서 쉬렴, 그러다가 잠들면
너희 방에 눕혀주마.

볼륨을 줄인 라디오에선 슈베르트의 〈마왕〉이

말채찍을 허공에 뿌리며 절정으로 치닫는다.

가도 가도 끝이 보이지 않는 벌판,

자우룩한 안개 숲을 헤치며 아이를 품은 아비가
길을 몰아가고 있다.

무료하거든 아무 책이건 꺼내 읽어도 괜찮아.

밖을 보렴, 눈보라가 예사롭지 않구나.

한데 저들은 언제 마을에 닿나요, 설마 돌아오지
못하는 건 아니죠?

진실을 여과 없이 말해주기엔 녀석들에게 가혹
하다.

저주받은 죽음의 서사를 깨닫기엔 아직 이르다.

그런 점에서 성급하게 비극적 결말로 몰아간 괴테의 선택은 지나쳤다.

아무렴, 저들은 길을 잃지 않아,

기다리는 이가 있어 심술궂은 안개는 금방 걷히지.

이 밤 우리의 역할은 같다. 누군가를 기다리는 일이 동일한 관계로 묶었다.

식은 애플티를 들며 방문객은 두 시간쯤 머물렀다.

건네준 〈그림형제 민담집〉과 〈페로 동화〉를 받아 들고

밤하늘을 가로지르는 오뉘별처럼 제 방으로 건너갔다.

짙어가는 창밖 눈보라가 성탄일이 지척임을 알린다.

밤 열한시가 오기까지 책을 마저 읽으려 한다.

그러려면 아이들 방에 들어가 이불깃을 다독여주고 전등을 꺼야 했다.

潛龍

어느 문장이 널 할퀴고 찔렀다.
찢기고 터진 상처에서 피가 흘렀다.
쓰러질듯 고통스러웠으나
넌 그 책을 사랑했다.
하지만 그 책은 완결되지 않았다.
아무리 뒤적거려도 어디에고 결말은 없었다.
엄연한 이유라면, 그 책의
마지막 문장은 네가 찾아야 하는 것이었다.

결핍증

거듭 웃자란 풀대들이 흔들렸다.
모두가 조심성이 밸 나이가 아니었다.
산드로 보티첼리의 〈프리마베라〉 속
화사한 그리스 여신들처럼
갈래머리 세 소녀가 나란히 지나간 뒤에도
높고 낮은 풀대들은 가볍게 흔들렸다.
그런 중에도 큼직한 솔방울 하나가 성큼 떨어져
내리자
저들은 긴 침묵으로 받아들였다.
그래서 연둣빛의 비탈을 구르다 가까스로 멈춰
누운
솔방울의 잠은 깊고 아늑해 보였다.
끝까지 지켜본 광경은 그게 다였으나
저 웃자란 풀밭의 한때를
여기 다 옮겼다고 진술하기엔 부족하다.

고지告知

천상에서 바람이 불어왔다.

기쁘거나 슬픈 노랫소리가 들려왔다.

그외의 징후라곤 없었다.

전언은 낙원에 머무는 누구에게도 발각되지 않았다.

누구의 눈에 띄어서도 안 되는 것이었다.

대천사 가브리엘이

사이프러스나무 숲을 헤치고 와서 뜻을 전했다.

훗날 베드로가, 어디로 가시나이까?

하고 물었을 때도 아피아 가도의 사이프러스나무들은

자태를 뽐내며 줄지어 서 있었으리라.

AD 1년이 코밑에 다가와 있었다.

새로운 세기가 혹독한 진통을 열길 기다렸다.

그렇지만 낙원의 시간은 잠시도 쉬지 않고 흘러갔다.

고집스런 항로

겹겹의 난관이 앞을 가로막았다.

쉴 새 없이 위기들이 덤볐으나 기지가 넘쳤다.

그러나 이번은 다르리라.

세이렌들의 노래는 거의 치명적,

현혹되는 순간 모든 꿈이 수포가 되어 사라지리라.

함정에 걸리더라도 배를 돌릴 수는 없다.

빠져나갈 길은 오직 협곡뿐.

밀랍을 녹여 선원들의 귀를 막았다.

중앙 돛대에 자신을 결박하고

안간힘을 다해 노 저어가라 명령했다.

하지만 무사히 통과한다 해도 이타카는 까마득히 멀었다.

몇 번의 고비가 발목을 더 붙들 것인가.

그래도 아내 페넬로페가 기다리는 곳으로 가야했다.

거대 자연과 신비로운 힘에 당당히 맞선 최초의 인류,

그는 끝까지 자신의 이성을 믿었다.

그것이 험악한 바닷길을 헤쳐가게 했다.

잠 안 오는 깊은 밤,

그가 몰아간 짙푸른 바닷길을 떠올린다.

열흘의 아홉 밤은 거의 그렇다,

닿았으리라 거의 닿았으리라 고집스레 잠을 청한다.

안목

그림의 제목과 화가가 누군가 물어오곤 한다.

곧바로 답하기를 주저한다.

기억을 자신하거나 의지하는 편이 아니며

뒤져보는 즐거움도 커 확인하고서 답하리라 이른다.

죽은 자의 생애는 미화될 게 없다.

조금도 첨삭할 수 없는 저들의 삶이 부럽다.

멈춘 시간이 내미는 은근한 안식이라니.

한데 왜 그림에 집착하느냐 힐문한다.

그런 적 있나? 밥 먹을 때 몰두하는가?

졸음이 달라붙을 때까지 들춰보는 관성,

그러다보니 그림들과 저절로 가까워졌다.

환기되는 구석이 있어 달갑고 간혹 노엽거나 벅차할 뿐.

하면 그림을 직접 그리기도 하느냐 묻는다.

손마디는 굳고 물감은 말랐다.

가망 없는 재주를 내버린 지 오래다.

기웃거리는 기쁨에 족할 수 있어 다행이다.
기교가 실망을 부르지 않던가.
악기를 못 다루어도 음악에 심취하며
여행자가 반드시 길을 꿰어야 떠나가는가.
파산하기 전에 떼놓을 수 있던 혜안,
이렇게 말하면 기고만장한 놈, 하며 덤벼들리라.
단지 절실히 목말라했던 게 있었다면
감정鑑定의 안목이 아닌 이미지며 영감이었다.

규칙적인 산책

　요맘때가 돼야 일에서 풀려난다. 안정감을 주는 다른 길을 더는 알지 못한다. 절기가 달라지더라도 당분간은 이 길을 고집하리라. 더욱이나 거기 길 끝자락에 내버려진 생명체가 살고 있다. 아니지, 녀석이 버려졌다고 말해선 곤란하다. 꼭 요맘때면 하굣길의 한 소년이 꼬리를 살짝 치켜든 녀석을 어른다. 저들은 실로 수백 년쯤 헤어졌다가 다시 만난 피붙이처럼 살갑고 떨어질 줄 모른다. 언제까지 서로를 어르려나, 곁눈질로 살피며 천천히 걸음을 떼게 한다. 그러다가 필시 저들에게 눈인사를 주곤 하는데, 저들도 화답하려는 눈짓을 잊어먹는 경우가 없다. 그럴 적마다 이편을 올려다보는 소년의 속눈썹은 길고도 짙다. 순간, 느긋한 오후가 디베르티멘토의 후렴부를 마치듯 슬그머니 슬로우모션으로 멎는다. 아무리 긴한 용무가 남겨져 있다고 해서 걸음을 거르겠는가. 그러니 모퉁이를 돌아갈 때마다 입버릇처럼 홀로 중얼거리는 것이다. 만물

을 사랑하는 심성을 지닌 이가 자라 끔찍한 세계를
만들 리 없으리라고.

순례자

한때 그는 바람이었다. 종횡무진 구릉을 오르고 푸른 산간을 넘나들었다. 한때 그는 시냇물, 졸졸 졸 흘러내려 깊은 강을 적시고 마침내는 먼 바다에도 닿았다. 한때 그는 늑대거나 재칼로도 태어났다. 저물도록 산양과 들토끼를 몰았고 보금자리를 찾아 터덜터덜 벌판을 가로질렀다. 한때 그는 고원의 포도나무, 알알이 검붉은 열매를 햇살에 반짝거렸다. 한때 그는 심해의 등딱지물고기였거나 두엄 밭을 뒤지는 쇠똥구리였나. 아가미를 풀썩거렸거나 네 다리로 바닥을 기었으리라. 이제 그는 마지막 노래를 쏟아냈다. 싸늘히 식어가는 육신을 허공이 품어주려 한다. 뻣뻣하게 부리와 날개가 굳고 있지만 그것이 마지막일까. 그가 외친 노래들은 언제까지 기억될까. 순례가 계속된다면 어디서 그와 다시 마주칠까.

비를 부르는 책

큰소리로 아이가 책을 읽으오.
마당가 감나무는 젖어서도 푸르오.
설거지를 하다말고 난 심각하게 비구경에 빠져
드오.
퍼붓는 빗속을 뚫고 돌아올 이는 없소.
아이의 책읽기가 장대비를 부르는가,
아이가 강조하자 빗줄기는 굵어졌소.
모든 인과는 우연을 假裝하고 도착한다하더이까.
아이가 은연중에 새기려 하자
감나무도 고개를 끄덕이며 따라 새기는 듯하오.
이쯤이면 동의하실지 모르나,
비와 아이와 감나무가 아무 상관없는 관계라고
하긴 어렵겠소.
바다 건너 먼 땅 어딘가에
곧이곧대로 받아들이긴 어려워도
비를 부르는 주술 책이 있다더니만,
지금은 아이와 감나무가 함께 읽는 책이

아무래도 비구름을 단단히 붙들고 있는 것만 같소.

링반데룽

허리가 휜 신께서 길을 물으신다.

배려와 친절을 시험하려 드는 눈초리,

그러나 옅은 南道 억양으로 보아 신이 아닌 초행길.

누구도 여기서 길을 잃게 하고 싶진 않다.

질끈 검정 천으로 눈을 가려도

길을 다 꿰고 있으니

어수룩하게 이 산에서 헤매본 적이 없다.

아니, 딱 한 번 雨中의 중턱 언저리자락에서

같은 곳을 왔다갔다 반복하며 혼을 빼앗기긴 했었다.

그것도 의도된 시험이었으리라,

행로가 신중해야 함을 가르치려는!

넉넉히 서너 시간을 홀로 걸어왔으니 사람이 그리웠던가.

업히시겠습니까,

신께 여쭈려 했으나 저만치 앞서 나가신다.

아직 모든 걸 넘겨주기엔 이르거나 글렀다는 걸음.

한때는 기어이 길을 잃으리라, 잃으리라
억지를 부리기도 했건만
이젠 길을 꼭 붙들고 있어야 할 때가 됐는가.

도제

스승이라곤 내게 없었다.
학교 문턱을 요행히도 넘어서거나
교범이라도 한 줄 훔쳐볼 기회를 얻지 못했다.
헐렁한 그릇을 누가 품어주겠는가.
설령 기회가 왔더라도 충실한 가르침대로 따르
려고 했겠는가.
반항과 거역을 일삼았을 徒弟.
어딜 가든 비아냥거리며 뒤따르던 손가락질아,
혹 네가 깨우침을 준 스승 아니었을까.
그랬던 것이라면 조금도 서운치 않다.
이제야말로 멀리 더 멀리로 내쫓아다오.
황량한 비바람 언덕이어도 좋다.
고원의 늑대굴이더라도 사양하진 않으리.
어디서 무릎 꺾고 멈추려는가,
그때까지 손가락질을 그치지 말아다오.

밀봉

아우르던 내 벗들은 모두 떠났다.

남겨진 자의 책무는 記錄,

그래서 매일 밤 밀서를 새긴다.

쓰다만 말들로 청승맞은 술병을 달랜다.

만나지 못하여 서운하련가,

한때는 지독하게 아름다웠노라.

누굴 대신 증인으로 세우겠는가.

그러니 기록은 케케묵은 밀봉으로 남겨지리라.

천천히 서두르며 따르고 있다.

앞서는 이들아, 돌아다보지 말라.

Don't Think Twice, It's All Right

일약, 공전의 히트를 시킨 이가 밥 딜런. 한데 애석하게도 오래전 그의 탁음에 질려 다소 그가 서운해 할지라도 한때 그의 벗이자 연인이기도 했던 존 바에즈의 풍으로 흥얼거리며 산을 오른다. 'I gave her my heart but she wanted my soul(난 그녀에게 내 마음을 주었지만 그녀는 내 영혼을 원했네).' 더할 나위 없이 그녀의 목소리도 과거를 소환하는 신통한 주술. 같은 소절을 스무 번쯤 반복하다 보면 어느새 고요의 능선을 지나 첫째 봉우리에 닿는다. 칭얼거리는 변덕스런 마음을 어찌 다독이며 치유할까마는 어느 경우 집에서는 곡 하나를 종일 틀어놓고 지낼 때가 있지만, 이 레퍼토리 하나로는 숲의 정령들을 흥겹게 해드리기에 역부족. 그래서 잇는 곡으로 〈퓨어 엘리제(Fur Elise)〉나 두 사람의 척탄병〈(Die Beiden Grenadiere)〉, 〈아델라이데(Adelaide)〉, 〈양산도(陽山道)〉, 〈언제까지나 영원히(Long Long Time)〉, 〈일 코레 우노 징가로(Il Cuore E' Uno Zingaro)〉를 연속 허밍하다 보면 이윽고 둘째 봉우리에 닿는다. 망각보다 건건이 세려는 의도가 강했던가. 그러다보니 그곳을 1,989회 올랐다. 어쩌면 기록에서 누락된 회수까지 포함시키면 이미 2,000회를 상회했을 수도 있는데, 중요한 건 그게 아니다. 요점은 '왜 거듭 같은 곳을 오르느냐?' 의아해서 되묻는 저들, 언젠가는 줄기찬 저들의 의구심에 제대로 답을 건네야 타당하나 아직 그러지 못했거니와 그보다도 주된 관심은 앞으로도 얼마나 그곳을 더 오를 것이며, 또 왜 그곳은 오를 때마다 매번 다른가에 방점을 찍고 싶다. 더군다나 그곳에서 번번이 얻는 희열은 여기로 옮겨 올 수 없는 '그곳만의 문장'들. 아울러 이 책의 적잖은 단락들도 그곳에서 겨우 필사해 올 수 있었던 것들이었음을 실토하나니. 행운인가 비운인가 동행은 전혀 없다. 아니, 곁에 누구도 두지 못했으며 앞으로도 방식은 달라지지 않으리라 예감한다. 유일하게 나란히 걷던 이가 있었으나 딴 세상으로 먼저 건너간 뒤 고요의 능선은 오로지 혼자만의 독차지. 그러니 흥얼거리며 멈추지 않고 단지 걸을 뿐. 걷다가 먼지처럼 그대로 사라진다 해도. But don't think twice, it's all right!

2019년 11월 11일 초판 1쇄

지은이 | 이학성
펴낸이 | 강현국
펴낸곳 | 도서출판 시와반시

등록 | 2011년 10월 21일 (제25100-2011-000034호)
주소 | 대구광역시 수성구 지산로 14길 8, 101-2408호
대표전화 | 053)654-0027
팩스 | 053)622-0377
E-mail | khguk92@hanmail.net

ISBN 978-89-8345-061-6 03800

*이 책은 서울문화재단 '2018 창작집 발간지원사업'의 지원을 받아
발간되었습니다.